UTILITÉ DES CONNAISSANCES ÉLÉMENTAIRES

DIALOGUE

EN FORME DE COMÉDIE

A l'usage des écoles primaires des deux sexes

RÉCITÉ POUR LA PREMIÈRE FOIS A LA DISTRIBUTION DES PRIX DE L'ÉCOLE
COMMUNALE D'ILLEVILLE , LE 25 JUILLET 1841

PAR Mme PHILIPPE LEMAITRE

Membre de la Société Académique de l'Eure, auteur de Mes Loisirs
et des Lettres à Julie sur la Botanique et la Physiologie
végétale, et de plusieurs autres sur les antiquités
du Roumois

ROUEN

IMPRIMÉ CHEZ NICÉTAS PERIAUX

RUE DE LA VICOMTÉ, N° 55

1841

PERSONNAGES.

FRÉDÉRIC, âgé de 17 ans.
HENRI,   »   13 »
VIRGINIE,   »   16 »
DELPHINE,   »   11 »
ALFRED,   »   15 »
PAUL,   »   12 »
LUCIE,   »   8 »
ESTELLE,   »   6 »
ÉMILIE,   »   9 »
ZOÉ,   »   12 »

UTILITÉ DES CONNAISSANCES ÉLÉMENTAIRES

DIALOGUE

EN FORME DE COMÉDIE

A l'usage des écoles primaires des deux sexes

RÉCITÉ POUR LA PREMIÈRE FOIS A LA DISTRIBUTION DES PRIX DE L'ÉCOLE
COMMUNALE D'ILLEVILLE , LE 25 JUILLET 1841

PAR Mme PHILIPPE LEMAITRE

Membre de la Société Académique de l'Eure, auteur de Mes Loisirs
et des Lettres à Julie sur la Botanique et la Physiologie
végétale, et de plusieurs autres sur les antiquités
du Roumois

SCÈNE I.

FRÉDÉRIC, HENRI.

HENRI.

Frédéric !! Te voilà levé de grand matin !
A peine si l'abeille arrive sur le thym.
Mais..... te voilà paré comme en nos jours de fêtes !...
A partir pour la foire, est-ce que tu t'apprêtes ?

FRÉDÉRIC.

Non, Henri, je n'ai point ce dessein, Dieu merci ;

HENRI.

Dieu merci ? par exemple ! et dis-moi donc aussi
Pourquoi ce grand amas de fleurs que tu recueilles,
Ces jasmins, ces œillets et ces beaux chevre-feuilles ?

FRÉDÉRIC.

C'est pour orner la salle où l'on donne les prix.

HENRI.

Bon ! Qu'est-ce que cela ?

FRÉDÉRIC.

Tu ne l'as pas appris ?

HENRI.

Ma foi non.

FRÉDÉRIC.

Il est vrai qu'avec insouciance,
Tu gaspilles le temps précieux de l'enfance ;
Qu'à l'école jamais tu n'es venu t'asseoir
Et que tu ne sais rien de ce qu'on doit savoir.

HENRI.

Est-ce ma faute aussi ? je vais où l'on m'envoie,
Moi, j'irais à l'école avec beaucoup de joie,
Mais mon père jamais n'y voudra consentir,
Et, quand ma mère en parle, il s'emporte à frémir.

FRÉDÉRIC.

Tu me surprends ; jamais je n'aurais cru possible
Qu'un père demeurât tellement insensible
Aux intérêts d'un fils. Le mien n'est pas ainsi,
Il m'exhorte à m'instruire, il m'interroge aussi,

Chaque soir il revoit ma page d'écriture,
Mes calculs, et souvent je lui fais la lecture.

HENRI.

Et tu ne t'endors point?

FRÉDÉRIC.

Non, quand je suis pesant,
Je ne puis m'alléger autrement qu'en lisant.

HENRI.

De lire, Frédéric, est-ce bien difficile?

FRÉDÉRIC.

Pas du tout, et de plus, Henri, c'est très utile.

HENRI.

Mais à quoi donc?

FRÉDÉRIC.

Dis-moi, n'arrive-t-il jamais
Chez toi quelque papier, soit lettre ou bien procès?

HENRI.

Oh! très certainement. Même, dimanche encore,
Un grand monsieur tout noir s'en vint avant l'aurore,
Nous en apporter un.

FRÉDÉRIC.

Et comment fîtes-vous
Pour le lire?

HENRI.

Un marchand qui loge auprès de nous,
Nous dit ce que c'était.

FRÉDÉRIC.

Si bien que vos affaires

Tombent journellement en des mains étrangères,
Et le premier venu, maître de vos secrets,
Est libre d'en user suivant ses intérêts?
Je suppose quelqu'un qui de bien loin t'écrive
Pour un travail urgent: une lettre t'arrive,
Mais tu ne sais pas lire, il faut, comme toujours,
A l'obligeant voisin avoir encor recours.
Mais il est en voyage, à d'autres l'on s'adresse;
Perte de temps déjà, si la besogne presse,
Ou bien le complaisant du même état que toi,
Profite du retard et travaille pour soi,
En prenant les devants et s'offrant à ta place;
Mais ce n'est rien, Henri, qu'ici je te retrace:
Il est mille dangers que l'ignorance court,
Et, pour les éviter, s'instruire est le plus court.
Pour cela que faut-il? presque rien, savoir lire.

HENRI.

Oh! je voudrais apprendre!

FRÉDÉRIC.

Et puis encor écrire,
Pour répondre soi-même aux lettres qu'on reçoit,
Et n'en jamais aller charger qui que ce soit....
Mais, j'aperçois venir mes sœurs en compagnie,
Serait-il temps d'aller à la cérémonie?

HENRI.

Oh! que je suis fâché de ce dérangement!
J'avais à t'écouter tant de contentement!

Il n'est pas encor tard, bon Frédéric, demeure;

FRÉDÉRIC.

Mais, mon pauvre Henri, cela dépend de l'heure.

SCÈNE II.

FRÉDÉRIC, HENRI, VIRGINIE, ALFRED, PAUL, DELPHINE, ZOÉ, LUCIE, ESTELLE, EMILIE.

VIRGINIE.

Mais, mon Dieu! Frédéric, que fais-tu si long-temps?
Depuis une heure, au moins, sais-tu que je t'attends?
Viens, viens, voici des fleurs pour tresser des guirlandes.
Oh! nous avons pillé les bosquets et les landes!

FRÉDÉRIC.

Et la belle nature au féerique regard,
Réparera ce tort dès demain, pas plus tard.

VIRGINIE.

Frédéric est toujours épris de la nature.

FRÉDÉRIC.

Ses attraits sont si doux, son étude si pure!

DELPHINE.

Regardez ce tamier aux fruits à peine mûrs,
Rouges, verts, mais jolis!! on va le tendre aux murs.
Ses rameaux suffiront sans y mêler les autres;
Gardez pour les bouquets tout le reste des vôtres.

FRÉDÉRIC.

Eh bien, asseyons-nous, nous sommes bien ici,
Et nous aurons, de plus, pour nous aider, Henri.

LUCIE.

Comment! Mais de l'école il ne fait pas partie?

FRÉDÉRIC.

Ce n'est pas sans regret, sachez-le bien, Lucie,

PAUL.

Je le crois, car s'instruire est un si doux plaisir!

DELPHINE.

Surtout un avantage.

FRÉDÉRIC.

Il en a le désir.

HENRI.

Vous êtes bien savants, vous tous, vous savez lire!

LUCIE.

Eh bien, en voila gros! Oh! me fait-il donc rire!

VIRGINIE.

Fi, Lucie! Est-il bien de se moquer ainsi?

LUCIE.

Bon, bon! vas-tu te mettre à me prêcher aussi?
Crois-moi, laisse ce soin, ma chère, à notre maître,
Il s'y prend mieux que toi.

FRÉDÉRIC.

Mais, pour faire connaître
A Henri les bienfaits de l'étude aujourd'hui,
Tu ne t'y prends pas bien en te moquant de lui.
Et, d'ailleurs, qu'a-t-il donc dit d'extraordinaire?
Lire est une science, et de toutes la mère.

HENRI.

Oh! tu m'as convaincu de son utilité;
Mais, est-ce aussi d'écrire une nécessité?

FRÉDÉRIC.

Oui, je te le disais, et cette autre scie

Est la source de l'ordre et de la confiance.

Lorsque l'on sait écrire, on peut exactement

Enregistrer l'emploi qu'on fait de son argent;

Faire soi-même un bail, donner une quittance.

Ce sont là des objets d'une grande importance,

D'où dépend la fortune ou l'honneur de chacun,

Et qui font qu'on n'est point aux autres importun.

N'être jamais à charge ici bas à personne,

C'est une faculté que l'écriture donne.

VIRGINIE.

Et celle d'envoyer à nos plus chers amis,

Quand par l'éloignement nous sommes désunis,

Un mot venant du cœur, une preuve palpante,

D'un souvenir constant dans une ame brûlante.

ESTELLE.

Moi, je suis bien petite, eh bien! j'écris déjà,

Sans faute, au jour de l'an, à maman et papa,

Je puis vous assurer que, pour prix de mes peines,

Je reçois de tous deux de bien belles étrennes;

Je les porte avec moi, regardez, en voici,

Combien cela vaut-il, mon beau monsieur Henri ?

HENRI.

Vous me le demandez?.... Je ne sais pas....

ESTELLE.

O Blaise!

Ignorer la valeur d'une pièce française !
N'êtes-vous pas honteux ? Je vais aussi gager
Que vous ne savez pas davantage compter.

HENRI.

Où donc aurais-je appris ?

ÉMILIE.

Quant à moi , je me pique
De connaître déjà très bien l'arithmétique ;
Je fais l'addition, je chiffre joliment :
Mais il le faut aussi pour complaire à maman.
Elle me dit toujours que je serai marchande,
Et , soit dit entre nous, c'est ce que j'appréhende.

PAUL.

Oh ! quelque soit l'état qu'il te plaise adopter,
Compte qu'il faut toujours savoir bien calculer.
Que l'on soit commerçant, banquier, propriétaire,
L'arithmétique à tous est chose nécessaire.

ALFRED.

Dis donc indispensable. Et pour toiser, d'abord,
Le calcul n'est-il pas un précieux trésor ?
Pourrait-on l'ignorer si l'on voulait se mettre
Ingénieur, voyer, arpenteur-géomètre ?...

ZOÉ.

Non, bien sûr.

PAUL.

Pourrait-on d'un bois, d'un pré, d'un champ
Dire la contenance, ou relever le plan,
Jauger un fût quelconque, estimer une vente,

Comme font les marchands que ton père fréquente?
Surtout dans la marine, il faut, sachez-le bien,
Être calculateur et mathématicien;
Enfin, il n'est point d'art, d'emploi, de métier même,
Où le calcul ne soit d'utilité suprême.

DELPHINE.

C'est très bien, mais tu fais trop exclusivement
L'éloge du calcul, pas assez du talent;
Mais, pour lever le plan d'une pièce de terre,
Crois-tu que le dessin ne soit pas nécessaire?

FRÉDÉRIC.

Toute science l'est, ainsi que les beaux-arts;
Par eux on peut braver le sort et les hasards.
J'aime, dans le dessin comme dans la peinture,
Le moyen d'imiter l'attrayante nature;
De fixer sur la toile, à l'aide des couleurs,
Les traits d'un tendre ami, d'un père, de nos sœurs,
Et de nous retracer un charmant paysage.
Mais des arts, selon moi, le plus grand avantage,
C'est la facilité d'occuper nos loisirs,
De nous créer, Alfred, mille nouveaux plaisirs,
De fuir l'oisiveté, mère de tous les vices,
De vaincre la fortune en ses divers caprices,
Et ma pensée, enfin, pour aller jusqu'au bout,
C'est qu'il faut ici-bas se rendre propre à tout,
Pour gagner en tous lieux, en tous cas, notre vie.

ZOÉ.

C'est ce que, bien souvent, nous a dit Virginie,
Quand elle nous montrait, l'autre année, à broder.
Les talents sont toujours bien bons à posséder;
On en peut faire usage en mille circonstances....
Sait-on ce que le sort peut réserver de chances?

DELPHINE.

Oh! c'est vrai! que de gens dans l'aisance étaient nés,
Qui, par cent accidents, se sont vus ruinés!
Mais quand on est instruit on se tire d'affaire,
On enseigne, on travaille, on cultive la terre,
Et, pour les cœurs bien nés et vraiment vertueux,
Il n'est aucun état, aucun métier honteux.
Le talent sert partout, il est indispensable
Pour vivre, s'illustrer et se rendre agréable.

PAUL.

Je te comprends assez; cependant je crois bien
Qu'il est plus d'un talent qui ne nous mène à rien.
Dis-moi donc! à quoi sert cette géographie
Que l'on me fait apprendre, et qui pourtant m'ennuie?

ALFRED.

Vraiment! sans la savoir on va bien à Montfort,
N'est-ce pas?

PAUL.

Tu ris, toi, c'est toujours là ton fort.

ALFRED.

Ah, c'est que ton propos, en effet, prête à rire.
Ne vas-tu pas, bientôt, venir aussi nous dire

Qu'il ne nous sert à rien d'apprendre le français,
La grammaire, l'histoire, et qu'ainsi, désormais,
Nous pouvons nous passer et de maître et d'école.

PAUL.

Je ne veux point répondre à cette tête folle ;
Je parle à Frédéric ! Je sais parfaitement
Qu'il faut savoir parler sa langue purement.
J'entends dire souvent que le monde a l'usage
De nous juger chacun selon notre langage ;
Que, quand il est correct, c'est comme un passe-port,
Où l'homme et sa valeur se révèlent d'abord.
Il faut à l'épurer apporter tout son zèle....
Puis on peut enseigner sa langue maternelle,
Quand on la connaît bien...

ALFRED.

Bah ! je t'arrête ici,
La géographie a son avantage aussi.
Sans elle on ne pourrait étudier l'histoire.

DELPHINE.

Sans doute, il faut avoir, gravés dans la mémoire,
L'exact emplacement des états différents
Où se sont chamaillés tant de fiers conquérants.
Que nous importerait l'antiquité de Sparte,
Si nous ne pouvions pas indiquer, sur la carte,
Le point qu'elle occupait et son nom d'à-présent ?
Sans la géographie, il ne serait, crois-m'en,
Entre les nations nul commerce possible,

Non plus qu'aucun traité.

ALFRED.

Vraiment, c'est très sensible;
On ne se connaîtrait ni d'aspect, ni de nom,
Et l'on ne saurait pas s'il existe un Japon.
Mais de quoi donc ris-tu, toi, grave Virginie?
Te crois-tu, par hasard, à quelque comédie?

VIRGINIE.

Non, mais je remarquais un fait assez plaisant.
Chacun de vous s'empresse à paraître savant;
Vous voulez à Henri prouver votre mérite,
Sans doute dans le but qu'un jour il vous imite.
Mais, quant à la morale, on n'en a point parlé.
De l'amour du Très-Haut avez-vous raisonné?
Vous oubliez ce Dieu qui créa tous les mondes,
Qui soutient les soleils, qui fait couler les ondes.
Et pourtant sa grandeur devrait seule occuper
Tout ce qui porte un cœur capable de l'aimer.
Oh! ce n'est pas assez de pâlir sur un livre,
D'acquérir un renom, de travailler pour vivre;
Tout cela, voyez-vous, n'est que matériel.
Mais savez-vous le point le plus essentiel
De toutes les leçons qu'on nous donne à l'école?
Comment! pas un de vous ne dit une parole?

ALFRED.

Eh bien, c'est la morale, est-ce une question?

VIRGINIE.

Sans doute, la morale et la religion :
L'une à l'autre se lie, et la preuve en est claire ;
Je vais vous l'établir. A qui voulons-nous plaire
Quand nous faisons le bien en dépit des dégoûts
Qui, de tous les côtés, viennent fondre sur nous ?
En dépit des mépris, des noires calomnies
Qui, sur nos actions, se trouvent réparties,
Et qui couvrent nos jours d'un funèbre linceul ?

FRÉDÉRIC.

A qui nous voulons plaire ? Ah ! ce n'est qu'à Dieu seul
Qui de persévérer nous donne le courage,
Qui de nos cœurs blessés sait apaiser la rage,
De nous voir méconnus par de lâches humains,
Qui nous montrent au doigt, lorsque, sur les chemins,
Nous passons, méditant quelqu'œuvre bienfaisante,
Et qu'ils changent sur l'heure en chose avilissante.
Qui nous soutient alors dans l'indignation ?.
C'est le principe saint de la religion,
La foi, la piété, la ferme confiance
En la vie à venir, la céleste existence....
De ces préceptes purs vivement pénétrés,
Nous poursuivrons la voie où nous sommes entrés.
Nous irons le front haut, forts de la conscience,
Prodiguer les leçons de notre expérience,
Les consolations d'un cœur compâtissant,
Au pauvre, au malheureux, au faible, à l'ignorant.

C'est de cette façon que j'entends la morale ;
Tant pis pour qui voudrait y trouver du scandale.
Ne jamais attaquer les réputations,
Ne point incriminer le but des actions,
Aimer, servir, instruire, éclairer tous nos frères,
Les plaindre dans leurs maux, leurs fautes, leurs misères,
C'est là la charité, fille du dieu d'amour ;
C'est ce qu'on nous enseigne à toute heure du jour,
A l'école, à l'église ; enfin, c'est la loi pure
Qui doit seule régir le monde et la nature.

ÉMILIE.

Que de choses, mon frère, on pourrait ajouter !
Mais il est dejà tard, il faut nous retirer.

HENRI.

Tenez, mes bons amis, j'ai compris vos paroles,
Et je veux aussi, moi, qu'on m'envoie aux écoles.

DELPHINE.

Oh ! viens-y, tu verras comme on y devient bon,
(Car c'est là le vrai but de l'éducation.)
Oui, c'est afin surtout de réformer nos vices,
Nos humeurs, nos travers et nos petits caprices,
Que nos tendres parents nous mettent dans les mains
De maîtres vertueux, fermes, zélés, humains....
La science serait, en vérité, bien vaine,
Si l'ame restait lâche, impudique, hautaine,
Ou bien fausse. Tu sais qu'il est beaucoup de gens
Qui s'épuisent sans cesse en de long compliments,

Qui d'une liaison font toutes les avances,

Avec mille respects et force révérences,

Et qui, le dos tourné, vont se rire de nous,

De toi, d'elle, de lui, de nous, enfin de tous :

Oh! le vilain défaut! oh! la conduite infâme!

Ne l'imitons jamais, montrons toute notre ame.

Ah! si des deux défauts on pouvait faire choix,

Au mensonge il faudrait préférer, je le crois,

En toute occasion, un excès de franchise,

Voilà mon sentiment.

ALFRED

Veux-tu que je te dise;

Ton sentiment est bon, conformes-y toi bien.

VIRGINIE.

Enfin vous comprenez qu'un intime lien

Joint la religion sans cesse à la morale,

Et que je n'ai pas dit une chose banale.

ESTELLE.

Oh! nous comprenons bien et nous joindrons toujours

La pratique aux leçons, l'habitude aux discours.

DELPHINE.

Tu vas voir si j'entends ce que tu veux nous dire.

Le monde n'est pour rien dans l'amour qu'il inspire.

Nous n'espérons de lui ni salaire, ni prix,

Et nous n'en attendons, loin de là, que mépris;

Mais du Dieu créateur la volonté suprême

Fut que, dans l'univers, tout, la brute elle-même,

Concourût au maintien de son œuvre immortel,
Par l'amour émané de son sein paternel,
Que par lui, que pour lui tout homme à son semblable
Prêtât dans tous les temps une main secourable,
Sans nulle acception de naissance ou de bien,
Qu'il ne mesurât point la longueur du lien
Qui l'éloigne de l'un et l'approche de l'autre.
Le pauvre est mon parent aussi bien que le vôtre;
La fortune en nos mains n'est qu'un simple dépôt
Confié par celui qui nous voit de là-haut.
Un jour, songeons-y bien, il en voudra le compte,
Malheur, si son emploi doit nous couvrir de honte !

LUCIE.

Tu me fais frissonner.

VIRGINIE.

Mais c'est la vérité.

Elle explique fort bien le mot de charité.
Tout s'entr'aime, en effet, dans toute la nature.

PAUL.

Et tout doit s'entr'aider.

ALFRED.

Voudrais-tu que j'en jure?

VIRGINIE.

Tu ris toujours, tais-toi.

FRÉDÉRIC.

Mais voyons, partons-nous?

LUCIE.

Oh! tout à l'heure, oui.

HENRI.

Mais où donc allez-vous?

LUCIE.

Mais recevoir des prix.

HENRI.

Oh! dis-moi, je t'en prie,
Un prix, quel est ce mot, qu'est-ce qu'il signifie?

FREDÉRIC.

C'est une récompense accordée aux enfants
Par leurs instituteurs, quand ils en sont contents.

HENRI.

Quelle est-elle?

ESTELLE

Un beau livre.

ZOÉ.

Et puis une couronne.

HENRI.

Une couronne?

ZOÉ.

Oui.

HENRI.

Que le maître vous donne?

ZOÉ.

Sans doute. Elle est de fleurs pour les premiers sujets,
Dont toujours les devoirs en tout points sont parfaits,
Et pendant onze mois la conduite exemplaire.
C'est là le prix d'honneur. Les couronnes de lierre,
Que quinze jours d'avance on tresse tout exprès,
Sont de même données aux plus savants d'après.
C'est à qui d'entre nous s'empresse de les ceindre,
Que ceux qui n'en ont point, selon moi, sont à plaindre!

HENRI.

On est jaloux, sans doute, et l'on se bat souvent?

FRÉDÉRIC.

Oh! fi donc! c'est le fait d'un cœur bas et méchant;
Nous n'avons, Dieu merci, ni vengeance, ni haine,
Mais à s'instruire on prend quelque peu plus de peine,
Et l'on se conduit mieux. Je t'assure, vraiment,
Que j'étais autrefois un mauvais garnement,
Mais, depuis que je vais à l'école du maître,
Je change chaque jour à ne pas reconnaître.

VIRGINIE.

Et moi, ce n'est que là qu'enfin je pus savoir
Quelles vertus mon sexe est obligé d'avoir.
Autant j'avais été légère et paresseuse,
Tout autant je devins calme et laborieuse,
Réservée, appliquée, et je me promets bien,
Loin de dégénérer le moins du monde en rien,
De redoubler d'efforts pour être vertueuse,

FRÉDÉRIC.

Et cet engagement d'une ame généreuse,
N'est que le résultat d'un bon enseignement.

HENRI.

Oh! mon cher Frédéric, il faut absolument
Que tu viennes chez nous pour décider mon père
A me mettre avec toi... Je réponds de ma mère.

FRÉDÉRIC.

Eh bien, j'irai demain; à présent, partons tous,

Et, si cela te plaît, Henri, viens avec nous,
Jouir du beau coup-d'œil de la cérémonie.
Allons, êtes-vous prêts, Paul, Alfred et Lucie?

ZOÉ.

Non, laissons-les plutôt aller un peu devant,
Nous les rattrapperons. Voyons auparavant
Si nous savons enfin cet hymne magnifique,
Dont j'aime les beaux vers ainsi que la musique.
Il est doux de chanter l'Éternel et ses dons.
Delphine, c'est à toi de commencer; voyons.

(*Ici le chœur des voix commence.*)

Soleil, toi dont la face
Brille au sommet des cieux,
Mondes, qui dans l'espace
Roulez majestueux,
Qui vous a tous créés,
Quel esprit vaste, immense,
Vous donna l'existence,
Vous qui les admirez?

Mais tout dans la nature
N'a-t-il pas dit son nom?
Le ruisseau qui murmure,
Et la fleur du vallon?

Écoutez vers le ciel,
Les vents dans leur colère,
Le fracas du tonnerre,
Ont nommé l'Éternel.

Grand Dieu, dont la puissance
Commande aux éléments ;
Daigne, dans ta clémence,
Écouter tes enfants.
Fidelles à ta loi,
Permets que leurs louanges
Sur les ailes des anges,
Parviennent jusqu'à toi.

— *Extrait de la méthode de B. Wilhem.* —

FIN.